Por: Aminta Buenaño Rugel
Dibujos: Sabriel Buenaño Rugel
Diagramación: Litografía e imprenta
             de la Universidad de
             Guayaquil.

LA MANSION DE LOS SUEÑOS

a roberto y
juan manuel

¿ABUELO, POR ESTO NO QUERIAS QUE SEA FLOR ...?

Cambió de faldas la gitanilla y lloró mucho sobre la almohada, espía secreta de sus ilusiones, lloró hasta que sus ojos no pudieron empujar una lágrima más y sus dedos rasgaron nerviosamente las cuerdas de su garganta y así, envuelta en la seda de sus lágrimas, se fue trepando en puntillas por sus recuerdos... una melodía cadenciosa de lejanos tiempos se asomaba inoportuna a su mente "capullo ¿por qué habrías de surgir, si después de haber vivido, vas a tener que morir?".

La voz de mi abuelo era ronca y cuando cantaba acompañado de su guitarra, se tornaba más ronca todavía y su faz adquiría cierto velo de nostalgia... ¡Mi abuelo!. Aquel hombre de manos grandes y cuerpo ancho, tan ancho que abuela ya no lo admitía en su lecho; él era poeta, cantor, conquistador y cómplice de mis diabluras. En nuestras interminables charlas, mientras él tomaba con deleite una taza de café y yo le rascaba la cabeza, entornando los ojos me decía: ¡Amapola, qué nombre tan feo te pusieron, siendo tú un lindo capullito!. Hijita nunca te hagas flor, cierra tus pétalos al amor prohibido, ciérralos a esa señora fea y encorvada que llaman tristeza... y no llores, nunca llores mucho hijita, pues los capullos mueren con la tormenta!.. y fumaba mi abuelo, fumaba en pipa largas horas; ¡qué grande era!, acurrucada en su regazo me fascinaba respirar el humo que juguetón se revolcaba inquieto por su nariz. Esa narizota roja y un poco deforme era otro de mis juguetes predilectos, abuelo toleraba que se la vire y me ría a menudo de ella, él se defendía diciendo que podía oler a dos kilómetros de distancia... Mi abuelo cuando se reía echaba la cabeza hacia atrás, sus dientes eran desiguales y muy blancos, yo me entretenía contándolos y él hacía mofa de mi nariz: — ¡nariz chiquitita, ñatita, el ingrato de tu padre te estafó!... yo que le di una nariz como la de Luis Catorce y él te regaló esa nariz de perrito pequinés... reía. Yo callaba y miraba arrobada a mi abuelo, era el hombre más guapo

que conocía, sonreía adivinando mis pensamientos y entre guiños y morisquetas me respondía: tus ojos son los que me ven hermoso, ya ves que la Juana y la Chabela ni caso me hacen.— El sí conocía el mundo, había amado a muchas mujeres, era amigo del mar, de las tormentas y tenía entablada una lucha a muerte con el gitano Federico, cuya familia aborrecía a mi querido abuelo. Abuelo también sabía hacer trucos, preparar el sígueme, sígueme, adivinar cartas, ser tramposo, curar los males de amor. Tenía tantos hijos que ni los recordaba; yo solía preguntar celosa: ¿y cuántos. . . cuántos nietos?. . . Abuelo se callaba y hacía un gesto sin importancia.

Su voz modulaba un gracioso sonido, parecía un gorrión. .. yo lo conocía, cuando se enfadaba alzaba una ceja y se acomodaba los viejos y aguados pantalones, y cuando estaba de buen humor los ojos se le hacían chinitos y las comisuras de sus labios se extendían buscando sus hermosos hoyuelos. Abuelo no quiso que use mi primer sostén, tampoco que me ponga pañuelo rojo, ni que me adorne las trenzas. . . Por eso cuando lo hice sus ojos se ensombrecieron anunciando tormenta. Y desde esa noche de luna llena en que yo bailé alrededor de la fogata y alcé mis polleras entonando la canción de los grillos y sintiendo el fuego de los ojos negros de Francisco, hijo del gitano Federico, que se prendían de mis pétalos, buscando en mí la flor, abuelo lo fulminó con la mirada; pero ya se había desprendido de mí el cáliz. . .

Abuelo, miel y bravura, desde esa noche quemó su pañuelo blanco y no me hablaba, silenciosamente se acostaba, silenciosamente al amanecer se levantaba, sus manos cariñosas no me buscaban como antes. . . abuelo no quería comprenderlo, él no deseaba que fuera flor y Francisco me había pedido breves sorbos de luna y puñaditos de polen . . . y yo se los daba, temerosamen

te, calladamente, a escondidas se los daba. . . y se los daba. Mas, abuelo era gitano y los gitanos no perdonan. Aquella noche en que la luna despacito y sin advertírmelo siquiera, se fue a dormir, abuelo hallábase tendido en su lecho después de haber bebido mucho; mi falda inquieta se agitaba queriendo volar conmigo hacia unos ojos negros que esperaban más allá de la laguna. El césped nos abrazó a los dos y pudoroso nos tendió un manto, las chicharras enloquecieron de gozo y los dos unidos, unidos como el aire y la tierra rendimos nuestro rito al amor, a la vida y a la golosa juventud. Un leve airecillo jugaba con nuestros cabellos que se enredaban con la hierba y producían un leve susurro. . . quizás por eso no habíamos sentido sus pasos, yo no lo había visto, Francisco tampoco, los ojos de mi abuelo como luciérnagas estaban clavados en el hijo de su enemigo y dolorosamente en mí, sus pupilas desorbitadas tenían ciertos destellos de locura. . . Abuelo . . . abuelo, ¿qué hiciste?. Como un rayo sacaste el puñal y desgarraste la carne de mi amado, pero él era joven y más fuerte que tú, y rabioso, como un león herido te mató. Tal como un viejo matapalo te uniste con el polvo. . .

Abuelo, abuelo, abuelo ¿por ésto no querías que sea flor?.

ELLA ¿QUIEN ERA ELLA?

PREMIO NACIONAL DE CUENTO DIARIO EL TIEMPO DE QUITO.

usted nunca la conoció camarada, ella era distinta a todas las que usted por sus largos viajes dejaba embalsamadas con un reguero de distancias y que luego las pobres como tristes sirenitas enloquecían llamando con sus voces desesperadas al otro lado del mar. usted — como lo oye — nunca la conoció y vaya ¡qué descaro! luego dice que sí. ella no era la que usted vio con el traje de seda roja sobreponiéndose a unas manos pálidas que chispeaban anillos fosforescentes: encandilándolos, jugando con el hierro rojo de las venas, asegurando su prolongación en chispas llenas de fuego, no, seguro que no. ella no era la putita descalza que hacía strip — tease por las noches frente a un montón de mesitas repletas de vino y de cigarros repletos de hombres repletos de lujuria, y que usted saludó con un rosado intento de violación en el camerino cuando ella ensayaba — con una flor en los labios — sus bailes de fuego. tampoco era la fugaz bailarina de cabellos escandalosamente rubios que envolvía sus manos con caramelos de chocolate y luego las lamía complaciéndose en hacerlo para mostrarles a todos ustedes que ella para todo servía, seguro que no. si usted la conoció así, mejor dicho: dice conocerla, entonces usted no es nada más que otro hijo de puta, otro grandísimo hijo de perra que nunca vio más allá de sus narices

cree que estoy loco ¿verdad?, que la pena está acabando con tres cuartos de mis sesos . . . bueno, en fin no importa, no importa nada lo que usted crea . . . pero, a ella sí que le importaba, le importaba tanto como a usted le importa ese cigarro que chupa con desgano . . . por qué me mira así . . . esa sonrisita guasa que brinca en sus mejillas, arriando los pelos suficientes para tratar de ser comprensiva, almidonándola para escuchar a quien realmente no se quiere escuchar y luego se escucha para desagraviar pesares, me pone mal . . . recuerdo como se puso mal aquella noche en que se le dañó el cambrión del zapatito,

tan fino y puntudo, que ella muy alegre estrenaba. la verdad, la purita y mera verdad es que me dio harta pena oirla quejarse por algo que había atesorado tanto, y a regañadientes del patrón dejé al cuidado del muchacho las puertas de la boite.

había que ver nada más su cara para saber lo contenta que estaba cuando le despaché el problema en un dos por cuatro; entonces camarada, me fijé en sus manitas pequeñas dulcemente ahuecadas y en su rostro, sí, como lo oye: en su rostro que todos conocían pero de otra manera. su rostro; el verdadero, el real, el único, era semejante al de la virgen maría, así de hermoso. sonreía con unos dientes chiquititos de ratón, que se parecían a los de la graciela, mi sobrina. ella me miraba con unos ojos buenos, recuerdo bien la frase que dijo: gracias chato, me quedé callado y luego también dije ¿de qué pues mi niña?. entonces ella se volvió a reír, a reír y a seguir riéndose, después se fue: gracias por lo de niña me dijo. supe que yo había sido algo así como descubridor de una nueva américa, nadie, estoy convencido que nadie la había conocido realmente antes. más tarde la volví a ver en su mesita, aquella que estaba situada junto al bar y que ella prefería porque así podía tomar nomás los licores sin pedirle permiso al patrón que luego recordaría eso en su sueldo. ya había terminado mi guardia y me complacía en borrar del mapa a todos los ilustres guapetones que querían echarse la siesta allí. ella volvió a reír y con un dedo curvado me indicó que me acercara: gracias por lo del zapato, susurró. no dije nada. la veía cansada, sus ojos, mejor dicho sus párpados, eran servilletas exprimidas, ajadas por los últimos esfuerzos de aquella noche devoradora de luces: detrás de los polvos blancos adivinaba grandes ojeras. váyase a la cama, le dije. ella murmuró mierda, nada más que mierda, y siguió bebiendo. me senté a su lado, parecía una pluma, se doblaba y al compás de una fuerza misteriosa se erguía y volvía a enseñar su boca llena

de dientes chiquitos y a mostrarme una lengua que se moría de colorada. cuando se durmió, camarada, la llevé a su cuarto. si hubiera visto lo que yo ví, habría comprendido: la cama estaba tendida con una dulce sábana toda bordada de inscripciones que decían: "no me olvides", "quiéreme mucho", "cariño" y cosas así, en las puntas tenía pegada montones de retazos de los más vivos colores, como si se pasara toda la vida cosiéndola. su cuarto estaba lleno de estantes colgados coquetonamente de las paredes y en ellos había muñecas de diferentes tamaños, vestidas con primorosos encajes, que guardaban la brillantez y la limpieza que tienen todas las cosas nuevas; parecía que una mamá buena pensaba siempre en ellas. algunas muñecas eran de caucho, otras de trapo, y había una pequeñitas metidas en una cajita de cristal antiguo que eran de plastilina. en una mesita con un viejo mantel en el que porky anunciaba manteca, tarzán tomaba un vaso de quáker y un general afirmaba que las fuerzas armadas entregarían en un plazo muy corto el poder, reposaba un librito que decía en grandes caracteres: MI DIARIO. me asombré de que una mujer tan trajinada como ella tuviera un diario y de pura curiosidad volteé una de las páginas y leí: "hoy me he comido las uñas", lo cerré enseguida, temeroso de haber roto la porcelana fina de su intimidad, y ya me iba en puntas de pie, despacito para no despertarla, cuando ella me sintió y me llamó, no sabía qué decirle, preguntó si ya se habían ido todos, le contesté que sí. ella se cogió la cabeza y dijo que quería sacársela, gimió y se estiró un poco en la cama, de modo que también pude ver que en realidad su cuerpo era una miniatura, igual que sus muñecas de plastilina. sus brazos, de repente, se mecían en mi cuello. le acaricié largamente la cabeza sembrada de largos pelos y ella se puso a llorar, primero con un llanto quedito como para que yo no me diera cuenta; después, a medida que sentía más fuerte el calor de mi pecho y que yo pasaba y repasaba mi mano sobre su frente, su cráneo, ella lloraba más, hasta tuvo que pe-

dirme un pañuelo para limpiarse la cara que ahora estaba más lim-
pia que nunca

con la cabeza prendida bajo mis axilas me contó que cada
noche que iba a bailar le dolía la parte más baja del estómago,
pero que ella se aguantaba y no lo comentaba con el patrón por
temor a que la echara,   le propuse que fuera a un médico, me
preguntó si yo los visitaba, nunca contesté. ¡eso, eso mismo hago —dijo—, les tengo pánico, concluyó. me miró con sus ojos par-
dos y volteó las canoas para encerrar sus aguas, le dije que dejara
de llorar, que si me obedecía le iba a escribir un poema, igualito
a esos que salen en los diarios, afirmé. sonrió . . . ¡si hubiera visto usted qué bonita se veía!, después de un largo momento de
silencio en el que sólo se oía el barullo que armaban sus pensamientos y los míos, estiró las puntas de mi bigote y me quedó
mirando intensamente: lástima que seas un pobre y triste porte-
ro, dijo. me sentí hostigado con aquella observación, no por el
contenido pero sí por la forma en que estaba dicha ¿y qué hay?
me encontré respondiendo, ella chasqueó los labios como quien
lo sabe todo y susurró: te pediría entonces que te casaras conmigo, y seguía acariciándome la cara; luego dijo, enumerando
con los dedos: y tendría esposo, papá, tío, amante, hermano,
abuelito . . . se rió, ¡qué sana era su risa!. sus piececitos buscaban mis manos y se guardaban friolentos. verla así, camarada,
dentro de una sábana que la envolvía y hacía que naufragara
violentamente, produciendo ante mis ojos una figura real de niña adolorida, perdida después de una borrasca, me conmovía. . .

pepito rodríguez, aquel muchacho que era una hoja amari-
lla volante, también me lo dijo un día: ella me conmueve es . . .
es . . . cómo diría . . . ” y nunca me lo llegó a decir, pero yo lo
comprendí bien. el acostumbraba a venir a observar el espectáculo solamente (a ella) y se escondía (casi se escondía) entre las

mesas más apartadas y contemplaba con ojos semicaídos por unos párpados abundantes como toallas puestas a secar, el strip — tease en el que ella se desmadejaba poco a poco y dejaba en cada prenda sus besos, su aroma, sus cabellos y esa sonrisa triste, tan suya; y en el que las luces de colores disfrazaban tibiamente su desnudez. más tarde con la terrible ansiedad de un ins pirado aguardaba que ella bajara a los camerinos para arrastrarse desesperadamente tras la puerta: ¿puedo pasar? ¡pase! y estornudando sucesivamente, preso en un horno de pan, alargaba con manos temblorosas un dibujo lleno de raras curvas que corrían a través de un mar de espuma que él afirmaba que eran cabellos pero que tanto a mí como a ella nos parecía que era fruto de un cerebro desquiciado. ella estiraba cortésmente los labios y los brazos, contemplaba o hacía que contemplaba el dibujo y le decía: está bonito. el muchacho se despedía con ojos tiernos mien tras cientos de pajaritos volaban románticamente a la altura de su cabeza. para luego, ella, suave y tolerante, buscarle en la soledad de su cuarto pies y cabeza al dibujo, molestándose (me) y fastidiándose (me) constantemente: pero ¿qué es esto Rafael? — nada pues mi niña — ¡pero él dice que soy yooo! y abría las cuencas de los ojos, asustada . ¡qué va, no mi niña, lo que pasa que todos estos artistas son profesores de cojudismo. ella asentía y estrujaba con sus manitas blancas hasta hacer añicos el papel difamador

sí camarada, debo reconocer que pepito rodríguez, pintor y poeta, la amó de alguna manera e intentó amarla de todas las maneras del mundo o de todas las mangueras, como ella diría riendo, si estuviera entre nosotros, pero no pudo, claro está: la muerte se le adelantaba . . . ¿por qué será camarada que la muerte repudia a su amante?. yo, pobre y viejo, siempre la estuve llamando, e incluso un día todo gris y azul, como eran los días en que ella se ponía triste, grité a todo pulmón para que se

alegrara y dejara de pensar que el estómago le dolía: ¡maldi-
taa enfermedaaad veeente con este viejooo! y ella llorando y rien
do se cogía el estomaguito e intentaba aplaudirme.   en ese momento, le juro camarada, que en ese mismo momento ví a la mal-
dita muerte enamorándola. . .

ahora estoy aquí, como estaría allá o en cualquier parte,
porque necesito estar fuera de mí mismo, porque quiero
que la pendeja existencia me cubra desde sus raíces y me
agobie, mientras ella agoniza o agonizó en una clínica, porque para la cuestión de la muerte todas las clínicas son lo mismo. ahora que estoy enredado desde la punta de mis zapatos en
su cara boquiabierta, y con el recuerdo de ella montándose en
esa melodía que dice: el amor/ no sabe de fronteras/ de distancias ni lugar/ no tiene edad/ puede llegar . . . que cantaba amel-
cochadamente, azucaradamente, chicleadamente el julio iglesias,
en tanto ella, con sus ojos y su voz a solas, en un rincón del bar,
tristemente temblorosa, ponía esa expresión lánguida y desam-
parada que insistía en llamar sentimental y suspiraba, mientras
se acordaba de aquella historia lejana y aturdida que revivía después de unos cuantos quisquis: "yo tuve un gran amor, sabe, era
un amor/ hip. . . grande, muy grande, hip déjame recordar. . . se
llamaba josé luis pinta, bonito nombre ¿cierto? . . . se fue . . .
hip. sí, camarada, empezaba acordándose de él y terminaba re-
sucitando a todos los ilustres que pasaron por su vida cagándose
en sus pestañas . . .

ella, ¿qué era en realidad ella?, ¿era una fotografía que
aparecía en las revistas porno?, ¿era la mujer sexo abandonada a
los saludos insolentes de tubos verticales que se alzaban orgullo-
sos a la visión del calor de su cuerpo?, ¿era el carajo para ustedes?, ¡diga, diga, diga, que en este momento ya nada me due-
le. . .!

usted no vio el bochinche que se armó en la boite cuando ella, a la que ya le faltaba concluir el desnudo con el giro sensual de sus piernas que despediría al minúsculo bikini, cayó bruscamente. el patrón, con toda su solemne pereza, se acercó furioso a levantarla entre chiflidos y devuélvanme la plata, hubo un zambo que gritó: ¡haz tú el strip — tease pelotudo!, y los jajaja saltaron a la pista. ella, inconsciente, derramándosele los pechos rosados y los muslos abiertos como arcos no de triunfo sino de tristeza, clamaba protección. el patrón (mandón — panzón — putón) ordenó sacarla, pero antes de que terminara de masticar la última sílaba ya la tenía en mis brazos y me encontraba conduciéndola desesperado a la clínica del doctor pérez por esa larga y ardua carretera que es el mismo doctor pérez, quien me dijo: póngala allí, señalando una cama que se abría de blancura, mientras miraba indiferente su desnudez y gravedad, ignorando los latidos pon pon pon de mi corazón y mis dedos cruzados: cruz, cruz, cruz, que se vaya el diablo y venga jesús.!, y mis labios que la encomendaban a todos los santos habidos y por haber. ai acabar la sexta ave maría se la llevaron y me quedé ennochecido entre batas blancas como palomas que se movían picando de un lado a otro, saltaban las escaleras, abrían las alas para contestar a un riiiiiinn imprudente, dejando ver aquella cruel serenidad

más tarde la ví, la arrastraban en una camilla a otra sala, dormía o parecía que dormía, toda alborotada su cabellera rubia y en el fondo, más abajo de sus dolores, aparecían dos pies diminutos que me preguntaron temblorosos por qué lloraba, no supe qué decirles, y me limpié los ojos. ella respiraba dentro de una cámara de oxígeno. de nuevo ví el rostro pétreo del doctor pérez, quien me apretó con su mano pétrea el brazo derecho y haciéndome una de sus pétreas concesiones me dijo: váyase a dormir, hay que operarla, la enfermedad se está complicando y ella es débil, hay pocas posibi. . . (ya se iba) y, ah, avísele a la familia. . . ¿cuál familia. . .? la muerte era su familiar más cercano y ya se estaba ocupando de ella. . .

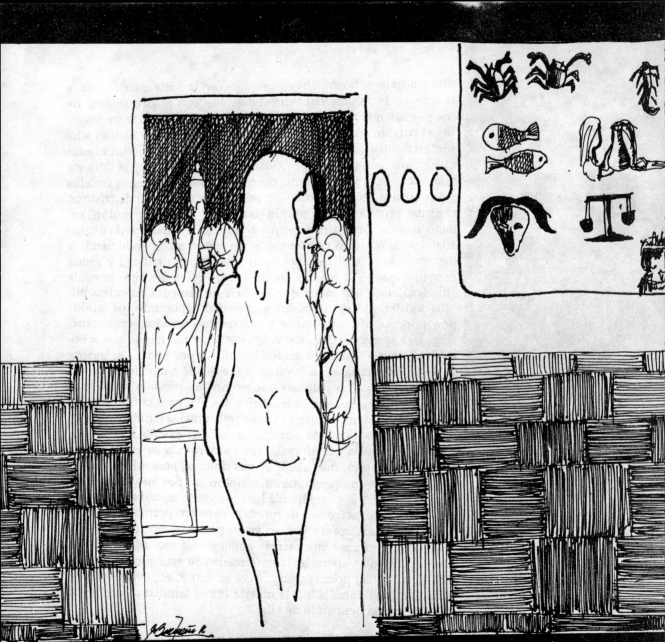

VIRGEN DE MEDIANOCHE

me gusta mucho mascar chicle porque así me siento menos vacía y logro conciliar el sueño de vivir y hasta puedo darme de repente entre chicle y copa la gloria de pensar que todos estos hombres que descansan sobre mis caderas no son nada más que ventosidades de alguna hormiga que no se atrevió a esconder sus huevos

así es, trata de meterte en mi pena, mira nomás que la soledad es tan terrible como el huracán en vigilia que azota las cuatro paredes de tu jaula, encontrándose siempre — o de pronto — fría, sin más ruido que el silencio y sin que te diga ya nada el retrato dulcemente antiguo, colgado a la pared, de la mujer que te parió, ni aquellas flores que un día efervescente te entregó ese noviecillo enamorado que te pensó diosa entre sus muslos y que oscilando entre amor y su gloria te escribió un poema. la soledad es el mal de los tristes y, ahí, precisamente me encuentro yo, encerrada en ese círculo que no te delínea camino, que te acosa...... y en el cual giras como un disco

ayer pensé que sería un día chévere, el diario lo afirmaba, géminis: "día espléndido para todas las mujeres nacidas bajo este signo: el amor y la felicidad rondarán bajo tu puerta", me contenté, abrí las ventanas y aspiré oxígeno, mucho oxígeno, luego salí de mi cuarto con el pie derecho y con el mismo pie derecho entré al boite: un hola aquí — sellar sonrisas — otro hola allá — sonrisas — con el pie derecho me acerqué al bar y le dije al mozobuenmozo: lucho, amorcito, dame un vasito de güisqui, y lucho, todo vestido de blanco, con un lazo brillante a la altura del cuello, semicerró los labios con el índice, miró de un lado a otro esperando descubrir — casi siempre la descubría — la mirada víbora que se encuentra en todas partes aunquesté de espaldas con su sonrisa hueca aunquesté de frente con su ceño al aire aunquesté en su sacrosando cielo, dos metros más arriba,

titereteándonos con sus largos hilos. no la encontró o creyó no
encontrarla y enseguida estiró su largo brazo para colocarme en
plena palma un vaso de güisqui frío y para voltearse luego en un
juego sistemático de dar cara — espalda — cara — espalda — cara — espalda atendiendo a don fulano, a don sutanito meren-
gue, asiduo visitador de estos lares y amigo personal del omnipotente, al doctor pingüatillo que dejaba a sus enfermos por la noche y se dedicaba a gozar la vida (¡oooh dolce vite . . . oooh dolce vite! solía decir con su voz de barítono ebrio). yo me arrin-
coné un poco y busqué la salida en un chachachá que sonaba en
ese momento y empecé a bailar sola (no tan sola, tenía mi vaso
de güisqui, que en cierto modo resultaba una compañía segura),
la música me rodaba a los pies, ay, se engarzaba en mi cintura,
saltaba con movimientos gatunos a mi cuello, para terminar des
peñándose por mi boca. . . la música, las voces tun tan tan tan
tuuuooon y más y más y más atolondradas, seguras, inauditas,
violentas, de aquellos tambores me agitaban en esa convulsión
que producen algunos cultos religiosos y me elevaban hacia otro
mundo mucho más cerca de mí que éste y . . . de pronto tuve la
sensación que alguien, como quien junta un palo de fósforo
prendido a la piel, me quemaba. dos ojos me miraban fijamente
con la empalagosa indecisión de los consabidos ¿me acercaré o
no me acercaré? . . . era un hombre rubio: piel rubia ojos rubios
zapatos . . . no, no eran rubios, zapatos cerrados cafés . . . gringo
parecía, turista tal vez. . .

el gringo me seguía mirando y me seguía mirando, por qué
me . . . ah, ESO sin duda sería, las relaciones públicas, la dichosa
radiobemba había funcionado, y el gringo en aquel momento ya
se habría enterado de mi espectáculo a la luz de las sombras

me limité a dejar que el chachachá muriera solo y me alejé
rumbo a la rockola, subí los ojos hacia el omnipotente que con

mirada de sargento pasó fila a mis soldados, a mí no me importó o si me importó preferí no darle importancia porque caminé más aprisa y llegué justito a tiempo cuando leo marini encerrado y todo cantaba señora bonita/usted me fascina/ tiene algo su cuerpo/que al verla que cruza/amooooor/ amooooor/ amooooor/ me provoca/ señora bonita/usted me castiga/ y aunque no me quiera/ le digo mil veces/que dios, que dios la bendiga/leo marini cantaba con el nosequé del sentimiento, cantaba con amor, señora bonita/ usted me castiga/ mire que agonía/ yo amándola tanto/ y usted. . . usted tiene dueño. . .

de repente me ví. . .iba por la avenida nueve de octubre en un mercedes de película, el chofer era un montubio conocido de la cocinera mía y presunto amante de ella también, aunque yo como toda gran señora pretendía ignorarlo. me encontraba ataviada con un traje de firma buena y exclusiva, a la altura de los hombros, el vestido se cerraba con finísimos broches de plata que provocaban ligeros pliegues en la suavísima seda, y alrededor de la cintura un hermoso cinturón del color de la misma tela se ajustaba. ¡estaba elegantísima! ¡mua! ¡regia!. a mi lado derecho, sentada, afanándose por hacer cuis — cuis en mis dedos con la misma precisión que su reloj de pulsera señalaba los minutos, se encontraba una niña bonita — ojitos saltones — de seis años, y al lado contrario, un muchachito de ocho, apretándome el brazo me exigía: ¡vamos mamapaty, vamos que ya es la hora de batman! ¡pero niño, todavía falta comprar la ropa del cole...! ¡nooo mamapaty, vamos a ver batman! ¡batman sí, cole no! ¡batman sí, cole no! rugían ahora los dos y yo terminaba comprendiendo el apuro de los niños, cierto, batman ayer se había quedado en una encrucijada, el malvado del pingüino, su fatal enemigo, lo había agarrado en una trampa en la mismísima ciudad gótica. . . y ni siquiera el comisionado fierro estaba enterado del asunto, ay, qué pasará ahora, — apuraba al chofer — ¿morirá o se salvará? — apuraba al chofer

. . . Y el gringo ése seguía mirándome, si el omnipotente hubiera dicho algo, yo le habría sentado sus cuatro verdades, qué se creería. yo hago el espectáculo y después lo — que — me — da — la — gana, qué caray a mí no me van a ordenar despapayarme a las bravas. . .

alguien puso a girar la voz de roberto carlos "yo quiero tener un millón de amigos", ese cantante tiene una voz tan suave que se puede encontrar paz dentro de ella, que llega, que asciende a todos como globos de ternura. . . qué pasó, alguien cambió rápido el disco, no es rentable dijo . . . qué no es rentable, que roberto carlos cante en un boite yo quiero tener un millón de amigos. . . una melodía pegajosa se dejó oír, luego otra y después otra y el gringo me miraba y por cualquier hueco de luz miraba y miraba y miraba y volvía mi rostro hacia él y seguía mirándome. . . ¿estaría enfermo ese tipo. . .?

¡y ahí estaba el gringo mirándome, no hacía nada más que mirarme y mirarme con aquella mirada borrosa que tenía . . . el gringo me mi. . . se acercaba, ah, se acercaba nomás se acercaba. . . lo sentía aquí, agarrándome el brazo, veía sus ojos glotones que querían atravesar los míos, tenderme el puente. . . el omnipotente, calculadora en mano, estiró los labios. . . los brazos del gringo rodearon mi cintura, en un español mocho me dijo que se llamaba john, bonito nombre dije, john smith añadió, bonito apellido afirmé. me volvió a mirar, cara a cara, aprecié su rostro, no es feo me dije, tenía algo que no era común, tenía — de repente noté — algo que sí es común en mí: la de — ses — pe — ra — ción. . . me brindó todas sus pecas en un gesto que simulaba ser sonrisa pero que en realidad más parecía aquellas muecas que provocan la confusión, algo así como un tick justificatorio, qué sería. . . con un dedo me acarició el rostro. . . me contempló con angustia, la manzana en su cuello largo subía y

bajaba,bajaba y subía. sus manos heladas montaron sobre mi ros
tro, bajaron por mi cuello, volvieron a subir y se quedaron inmó
viles, estáticas en mi nariz: beatiful, dijo. . .la música seguía ro--
dando, rodando, se atropellaba, se encabritaba, desencadenaba
sus duendes, nos perseguía, se volvía livianísima, ligera, hermo-
sa, rápida en fruco y sus tesos. . . el gringo (con los ojos grandes,
grandes) me tendió una revista donde aparecía emanuel hacien-
do el amor a tres tiempos. . . el gringo tenía una mirada vidriosa,
cerró los ojos con furia (cristianamente hablando: cerró violentamente los párpados) y por entre las hendijitas de los ojos soltó
una lágrima apretada, de lluvia indecisa. . . mascullando, haciéndome daño en el brazo que no soltaba, dijo: ¡let's have a fuck
baby! no respondí , no entendía, el gringo sabía que no entendía. . . sorpresivamente ví que resbalaba por mi cuerpo, hasta
caer arrodillado, abrazado a mis pies, en actitud de súplica, ignorando a la ronda que volvía a desgranarse para mirar, a lucho
que sonreía burlonamente, al patrón que se desconcertaba...
sus lágrimas magdalenamente enjuagaban mis pies, y seguía
llorando. . . luego miró al cielo que en ese momento era mi
rostro y en su español estrecho me pidió que le haga caricias
en la cara y que meza muy suavemente su cabeza y le cante
la nana duérmase mi niño/ duérmase mi amor/ que si no se duer-
me/ se lo come el ratón. . . el rostro de john smith se ablandaba,
se aligeraba. sus labios, sus ojos parecían en ese momento un dibujo simbólico de la paz. . . en el boite, dos horas antes del espectáculo, estaba yo amamantando a un niño

MAMISAURA

PREMIO DE CUENTO JAUJA DE VALLADOLID

He venido de tan lejos **mamaisaura** para entregarte la carta, para decirte a monosílabos que las corridas tardes de junio y los almendros del parque te son todos tuyos y que la sangrienta jaula de monos yace enterrada en el sitio en que los recuerdos gimen a raíz de una nostalgia. Este árbol grande que te traigo no tiene nombre ni augurio apenas sí la pasmosa realidad de su existencia y aunque la garúa adormite sus pestañas para siempre en tus cabellos te he traído la carta, que a pesar de los olvidos constantes y sistemáticos — porque desde mi tercer crimen con su lengua blanca me lamió el olvido — y a pesar también de las sonrisas que se quedaron adormecidas por la añoranza de tus pasos, está aquí: en esas letras borrosas que ya no puedes leer porque tienes los ojos llenos de agua y de cataratas feroces suspendidas en su apabullante caída en los círculos terrosos y abandonados de tus ojos. Allí está mamaisaura, déjala que se apriete sola que agonice estentóreamente entre las carpas parchadas de lo inocuo, deja que las oscuras letras despatarren su incontable blancura, que no rompa la silenciosa paz amodorrada a la larga noche de tus setentas. . . a lo mejor — y talvez es seguro — ella, que la esperabas tanto dentro de los calendarios de mi ausencia, ya no te importa nada . . . ¿es qué yo tampoco te digo nada. . .? mira las cruces clavadas en mi espalda ¿las tocas? están perpetuadas como algas marinas prendidas de los tablones viejos de las viejas espaldas de los barcos, todavía mamaisaura pueden hablarte de la tormentosa noche en que papatrapy, sucio y agridulce marinero, —pipa en mano—, aguijoneado por aquel obsesivo y loco amor hacia la muerte perseguida entre mares antiguos, borracheras de naipes servidas en cuencos largos ante un tumulto de gente de faz ambigua que contemplaba fascinada el deslumbre competidor de los fieros y engarrotados hombres, en donde la más leve e insignificante apuesta eran los llanos dedos de la mano derecha y que podía consistir también en la vida o en cifras garrafales de dinero en auténtico oro, bares a semiluz en

puertos inhóspitos en los cuales un cadáver o las fiebres rojas que azotaban en el muro de sus vértices a las hermosas y apetecibles gatas de oxigenadas melenas, eran cosas frecuentes, y retos sucesivos a un mar onanista y cruel que imperturbable sólo le ofrecía, a cambio de su vida, un hueco y un chasquido, se desbocó en un incansable discurso por las madres, era una medianoche de mayo, recuerdo, yo apretaba la desesperación insómnica que me originaban los billetes verdes, arrugados, de transpirosa carne, que el lomo de tu espalda en las lutosas tardes de diciembre había producido y miraba al viejo con la caricia agigantada de quien ama a las palabras porque abren plumas al papagayo enjaulado de abrillantadas alas que dejándose morir al lado del platillo de arroz y del vaciado estanquito de agua, grita indigesta do de tristeza en el más lejano rincón de una desolada infancia... no te escribí entonces mamisaura puesto que conversabamos largamente los dos en las noches plagadas de estrellas junto a un mar infinito que nunca acababa porque se sumergía en redondas lagunas que desembocaban cada madrugada en el mismo barco. . . ¿comprendes? por eso no te escribí ¿qué te podía decir que no te contara ahora. . .? ahora en esta carta que ningún fantasma mustio preso en el paréntesis de pretéritas tristezas te obliga a leer. . . acaso tú esperabas que me filtrara en tu vida con ese toldo celeste que produce un hombre pan, resignado y contento, oloroso a oficina de 9 a 2 p.m., junto a una mujer despierta que te cantara, cuando llena de espumas enjuágase la ropa de tus nietos, aquellas melodías que retrocedidas por palancas enormes de tiempo te llamaran a la memoria escenas de tu juventud olvidada de encajes y fililís. . ., tal vez mamisaura, pero a esa mujer te la traigo aquí: arrebujada dentro, sin más dolores que sus sanguijuelas recogidas de mares y noches de dubitaciones, enajenada por la mirada última de aquel hombre que adjuntando la miseria de los lodos que arrastraba como hilachos colgando de su mente y la insubordinada ambición de embadurnarme con ellos,

me importunó una noche, y esta mano que tantas veces besaste mamaisaura y que llevaste colgando de la tuya aromatizada de agua bendita a hincarme de rodillas junto a tí, frente al púlpito en que esculpido en oro y emplazado en cruz pendía un señor que todo lo veía, y al que tú con los ojos puestos a remojar (llenos de áureas lucecitas y de irisaciones repletas de un fervor ascendente que se iniciaba con el suave ronronear de tu pecho escalando por tu garganta al techo de tu voz en donde lo más rudos sonidos se transformaban para emerger con una saya blanca, suaves, tenues, temblorosos y convertirse en frasecitas deshilachadas que se movían nerviosas al unísono de tus dedos) suplicabas, y que sin embargo dejó que marcelino muriera atrapando palabras de la boca, preso de la bubónica, y que a ti te humillaran con odiosos epítetos las vecinas radio — pueblo, que mandara igual que en sus buenos tiempos maná del cielo, para regalarnos, para amortiguar este hambre insidiante que llegaba cuando las campanadas de la iglesia mayor, aquella que estaba regentada por el padre amadisio que yo había sorprendido en el comulgatorio agarrándole los pechos por ave maría purísima sin pecado concebida, a la josefina, tu pariente, vieja, tocaban para misa de las cinco y que nunca terminaba en esas noches hostigadas de sueño donde tu mano para engañar la inedia sorprendía muñequitos y pájaros en nuestros rizos, y empezabas a hablarnos con melancólico tono de música andina, mientras tus palmas abiertas como abanicos primorosos ostentando los más raros y exóticos dibujos de entremezcladas líneas diseminaban tiernamente regocijados gusanitos del color de la fiebre que se derramaban urgentosos en busca del feudo intacto de nuestras frentes para obsequiarnos intensos aluviones de vivificantes y milagrosas caricias, de aquel mundo en el que tu desmesurada fe soñaba colmado de delicias y de manos que se alargaban esparciendo prestas bondad y paz. . . mucho tú hablabas por entonces mamaisaura y mucho tus manos tosían sobre la piedra para que yo

no me diera cuenta que tu notable presencia era el velo que se ajustaba a mis ojos, a decirte: "sí mamisaura que nos arrimen no más que nosotros no arrimaremos", "abofeteada la primera, la segunda mejilla se insinúa humilde". Por aquel tiempo no intentaba definirte mamaisaura, pero cuando la vida me parió de nuevo supe que solo tú eras un poco de existencia, que en ti estaba el volver a crear todas las cosas, de prodigar colchas blancas al carrusel pedigüeño de atribuladas manitas que vivía de tus fatigas, de solazar con aderezos de inocencia a Aquellos que venían intentando prenderse de tus entrañas. . . mamaisaura ¿me oyes? que yo te digo que maté a ese hombre, era mi tercer crimen, aun que los vuelos prolongados, halitosamente tibios, de tus avellanadas manos me digan que no, que por qué el tercero si yo no he matado más que a uno y que ni siquiera a ese uno he matado puesto que nunca ha existido. . . no te olvides mamaisaura que en alforjas glotonas aburujé a la enfermedad del viento que mataría a ese viejo alcohólico que volvía los domingos, después de haber recorrido los caminos burbujeantes de gozo y de farolitos rojos junto a la curva de la media oscura — con cierre en la mitad de la rosa — como enfatizaba con voz llena de eructos malolientes a enfangosas y orgiásticas comidas y de hipos desenfrenados como vieja carretilla sacudida en infernal ruido por asno rebelde, a preñarte, y que codiciando nuestras edades nos hablaba, luego que su abultado y verdipálido cuerpo como guanábana madura puesta a reventar al sol del mediodía te hubiese humillado, de las mujeres — frituras que se esquinaban al pie de su pecho en las noches ardientes del verano de seis días repetido incansablemente en el curso de los años, que TE EXIGIA: que nos mandaras a hacernos hombres, que desgranaras en nuestros bolsillos tu sietemesino sueldito para que tus hijos no cayeran en la mariconería que siempre asedía — recalcaba con su lengua gangosa — a los catorce años. . . ¿QUE TE CREIAS? reclamaba, para luego llevarte de nuevo, tumbándote casi en nuestra presencia, a tu rin

concito (aturdido de santos y de velas dispuestas a iluminar tu rostro quebrado de jaspes y lágrimas bebidas fruiciosamente por la alada espesura amarantina de tu falda que con la ternura decidida de la primera piel se aprestaba a escuchar celosa, callada, confidente, el secreto bulluco ayayaitoso de tus lamentos, y en donde una larga estera todavía olorosa a paja oficiaba como lecho engalanado con una almohada zurcida con retazos de telas de vivos colores que tu mano sin prisa, amorosamente — la hebra de hilo en los labios para que se erecte, para que penetre velozmente por el ojo imperceptible de esa aguja de hueso que tantos botones de sangre y de ayes bajitos costó a las pálidas yemas de tus dedos — había cosido) ante tus repetidas súplicas y tu llorosa impotencia que te hacía asumir esa actitud de niña arrepentida cuando preguntabas a nosotros, después de que el viejo salobre anegado de vientos contrarios se hubiera marchado. . . ¿quieren a su papá? ¡tienen que quererlo un poco! y yo recogido en tu falda, ante los ojos enormes, apuntados de líneas rojas, de mi hermano santiago, daba rienda suelta a mi llanto, a ese llanto que ya mozo sabía aburrido de tristeza, apurado de sueños de venganza, acallando la mano que siempre impulsaba a sublevarse, a decir: ¡NO CARAJO NO MAS! yo lo maté mamaisaura, lo maté para ti y para todos, lo maté porque como cualquier hijoeputa merecía desaparecer en el incendio de los recuerdos y desbocarse en la noche que encabritada, sediciosa, gozaría con él entre sus endemoniadas garras. . . y ahí mismito muerto estará mamaisaura, por unos años más, — porque él sabe que está muerto — aunque cada faja de tiempo despierte sobresaltado preguntando desesperadamente por una maruja que no eres tú mamaisaura, tú que lo resucitabas cada domingo y que lo mantenías prendido en la velita central de la mesa de noche que yo, cuando sentía los soplos nocturnos asidos imperiosamente de tus frágiles labios, me apresuraba a apagar. Yo lo maté mamaisaura, después fue muy fácil sumergir en la batea de lavar los ca-

charros o en el vaso apostado en el velador enfermo de una eterna jaqueca o en la olla de barro rebosada de agua hirviendo a la vecina búho que dormitaba agarrada al susurrante alero de nuestra casa y que ensuciaba con sus inmensos lentes la vista deleitosa que tiene nuestro patio hacia la tarde y que te culpaba de robar sus gallinas, de arruinar con el mal de ojos sus macetas de hierbaluisa, orégano, albahaca y perejil y de andar arrumacando a su hermano felipe, santón y soltero. . . pero tú mamaisaura a estas cosas no les hacías caso, bastaba poner tus granitos de choclo bajo la piedra para empezar a cantar aquella melodía petalosa que hablaba del plebeyo y su amada: "mi sangre aunque es plebeya también tiñe de rojo" y que tu anciana mamá, doblemente isaura, te cantó un día, así empezabas a entonarnos en tu paz que despertaba sospechosas actitudes en la vecina, por eso mamaisaura cuando levantaste la cabeza para preguntarme por qué doña juana no asomaba sus ojos por la jaula pequeña y yo te dije valiente, atosigado de candoroso orgullo: la maté, y tú cansada de ímprobos, moviendo las pestañas, atiborrada de respuestas coherentes que tú mismo dabas y que sin embargo cumplías el rito monótono de preguntarle a la segunda persona de tu hijo sabiendo que ya te encargarías de contestarlas, respondistes: aaah. . . por ese tiempo poco escuchabas mamaisaura, entre la piedra y tu lomo que se inclinaba por las tardes apoyándose en el riachuelo cercano, hermano de todos, se te escapaban largas hogazas de sueños, esos últimos sueños que tu mente acorralaba para saborearlos en las horas amarillas que presurosas mezquinaban las tildes de su luz al morir las seis campanadas. . . pero yo te escuché, seguí en puntillas las melodías añejas que adormitaban a las tardes y tal como aconsejabas al ser invisible de los innumerables tarareos con migajas de poesía que salían a relucir al filo de tus — a veces — olvidados popurris me hice a la mar para contestar mi tercer crimen. . . y luego el sonido de las sirenas taponaron un poco tus sollozos descorazonados por el

campo buscando al segundo hijo que marchó temprano, ideando la forma más justa de acercarlo a tu pecho, de inscribirlo entre los que retornan cansados de las brisas que da la aventura. . pero no pude volver cuando tus lamentos me llamaban mamaisaura, estaba con la mujer, con la hembra solitaria que desgarrada en mis entrañas me suplicaba que no la martirizara más, que no plasmara en el dorado monte de su eviterno sexo el rostro desfigurado de líneas diabólicas de aquel hombre que ahorqué en mis manos, ni que insistiera en aras de una eterna y premeditada amorosa tortura la historia cien veces repetida de la cuna cadáver que asentada en tu regazo y mecida cadenciosamente era una prolongación de tu vientre. . . esa mujer, vieja, ahora duerme, no la despiertes porque va a volver a gemir y eso ni tú ni yo lo soportaremos. . . ahora mamaisaura que la carta ya no es importante para ti y que no tiene destino porque el destino se ha truncado en tu presencia, ahora que entre mis manos yace dolorosa, inhibida, turbada, estrujada como pañuelo triste, temblorosamente agazapada: olisqueando, hurgando el momento preciso para saltar hacia el hormigueante calor de tu regazo y de tus dedos diminutos y brillantes como azarosas gotas de rocío robadas de las abundantes enaguas, fiorituras y pirulís con que se atavía al preludiar cada fiesta de sol la erubescente madrugada. . ahora que traigo barcos en mis ojos ancorados en el puerto gris de grises nubes de los tuyos, que ya no pueden intentar descubrir con la mirada mi cuerpo tramoyado de musgos tiernamente verdes y acuciantes, repletos de savia perfumada y pezónica humedad, alborotado su verdor con la luz blancuzca de corales empotrados en mi rostro y en mis manos y con el reverbeo inconciliable de la braveante espuma de mar sumergida en las tortuosas profundidades de las caracolas de mi oído y la suave ternura seca de la arena plateada espléndidamente esparcida en las ondulantes bahías de mis cabellos que blanden amorosamente pabellones inconmensurables de estrellas, madréporas, caballitos, delfines, mágicos ojos de luminosos peces, gaviotas, perlas, piedre-

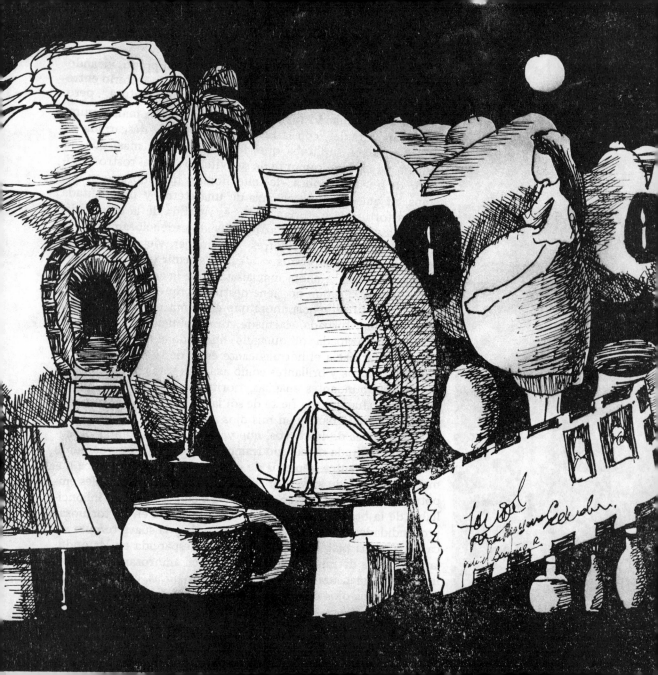

cillas y resquebrajadas conchas de mar como trofeos únicos, intemporales, imprescindibles que ruedan derramándose a mis lados para integrarse al laborioso tallado conjunto — como acantilados abiertos al esculpido minucioso, preciosista, fino, barroco de las magistrales y ensortijadas olas — de mi torso . . .

Ahora que nada te es por su presencia y que sólo puedes percibir el ruido monótono de amuchedumbradas palabras que encrespadas en tu oído quieren decirte cosas y que tú mamaisaura las recibes con la beatífica y tierna paz con que se acoge al manantial bullanguero que de esperarlo tanto, en noches de titilantes candiles y rostros entechados buscando la premonitoria estrella, huyó de ti la sed y el añorado sueño de penetrar en su acuoso elemento y colmarte de su blandísima, rítmica y aglotonada existencia que traería alborozamente — impulsados por el sólo hecho de la realización palpable — los vientos de tu felicidad. Ahora mamaisaura que ni siquiera esta carta agobiada de huesos ancestrales, emponzoñada de agrias madejas de existencia, que soy yo, no te dice nada . . . en ella, en este borboteante yo impetuoso e implorante he venido a pedirte que te abras de nuevo, que me sepultes en el palpitante acuario de tu vientre salado, que los pilares, grietosos, estériles, añejos de olvidadas caricias, frágilmente arropados de tus muslos se estremezcan dilatándose como enanchadas y trepidantes sagradas puertas de templo para albergar a mi cuerpo que tembloroso, conmovido, purificado por el cósmico aliento de tus cavernas uterinas sin murmurantes velas, ni vivas lámparas entrará para volver a ser . . . ¡abre tu inmensa catedral mamaisaura, trágame de nuevo, húndeme lentamente al calor primitivo de tu enorme vasija de barro, acógeme en el mimbroso acento de tus carnes, aliméntame, que sea yo el apéndice amatorio de tu cóncavo vientre, quiero empezar a vivir desde tu nuevo rostro, quiero ser un poco de ese mundo extraño y divagante que has creado en tu natural inocencia, invítame a traspasar el tenue agujero que conduce a tu lecho de pétalos y en el pujante y estrepitoso esfuerzo de tus huesos de caña bravía volveremos mamaisaura a construirnos juntos!